古人的繁华人间

开元天宝遗事

精选本

[五代] 王仁裕◎撰
李聪◎绘

江西美术出版社
全国百佳图书出版单位

出版说明

中国，作为世界上唯一一个文明传统未曾中断过的国家，经历了多个历史朝代，缔造了无数举世瞩目的成就。中华民族更是个伟大而富有智慧的民族，创造了繁华的贸易经商环境、宜养宜居的生活环境、极富创造力的思想环境，这些都为中华文明的流传繁盛厚植了土壤。

本丛书的出版是基于我社关于“古人”产品线的延伸，是继《古人的雅致生活》（10册）、《古人的奇幻世界》（4册）后的第三个系列产品，旨在扩大对古人世界宽度、广度、深度的挖掘。原有系列产品的内容已大致覆盖了关于古人生活方式、思想方式的理解，本丛书则从古人的社会生活角度来进行甄选，从古代节日、风俗、游玩景点、山川气候、城市风貌、社会逸闻等方面来进行展示，全方位讲述古人的有趣生活。

当前我们挑选的底本涉及汉、唐、北宋、南宋、明5个历史时期，具体地区包括西汉首都长安（今西安）、北宋首都东京汴梁（今开封）、南宋都城临安（今杭州）、唐代皇宫和明代江浙等地区。书中涉及地区广泛，且朝代不同，社会风貌有天壤之别，展现的故事见闻有趣，令人欣喜，希望读者翻开本丛书，能跟随原著脚步，走遍故土山河，感受不一样的时代魅力。

丛书所选文本都是权威经典著作（因版面有限，部分篇目做了删节），不仅是专家学者研究古代社会生活的重要历史文献，更是反映当时民风时尚、经济状况和城市生活的真实写照。丛书的作者不仅有文学家、史学家，而且所写内容以作者亲身经历为主，文笔轻松，为我们展现的是活生生的生活侧影，也包含着作者对过往生活经历的无限眷恋。丛书仍以原文与译文对照阅读、精美配画辅助理解为主，适当改变了排版风格，使之更适合当代读者的阅读习惯，同时配画力求反映原文之大意，以图释文，兼具欣赏与实用性。

策划本丛书，旨在重塑古代经典著作，向大众读者介绍中华传统文化中的精华内容。我们希望这些在古代也曾是大众读物的内容，不再只被有古汉语文学功底的读者熟悉，让更多读者看见、接受，拉近现代读者与古代经典著作的距离，打破大众读者对古代传统著作的刻板印象。所以，我们将古代经典著作以更现代、更贴近大众的方式呈现给读者，这也是我们在传承中华优秀传统文化上做出的一点小小尝试。

由于时间相对匆促，书中难免存在遗憾和不足，敬请广大读者批评指正！

编者

2021年11月

目录

卷上

开元

天宝上

卷下

天宝下

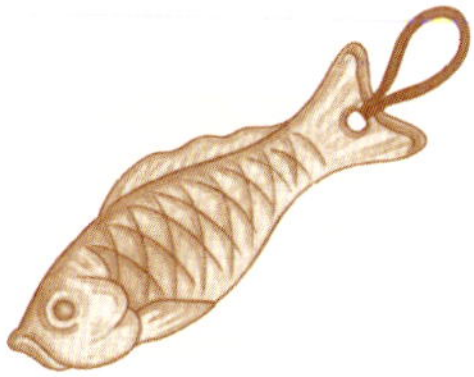

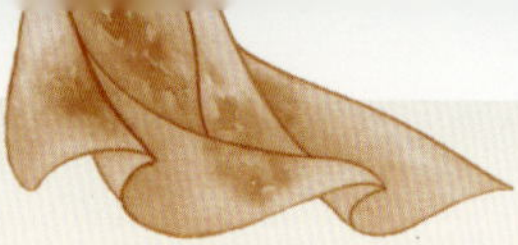

卷上

开元

玉有太平字

·原文·

开元元年，内中因雨过，地润微裂，至夜有光。宿卫者记其处所，晓乃奏之。上令凿其地，得宝玉一片，如拍板样，上有古篆“天下太平”字。百僚称贺，收之内库。

·译文·

开元元年（713），禁宫中的地面因为下雨而微微开裂，到了夜里，裂缝里发出光来。值夜班的卫士记下了发光的位置，第二天奏报给皇帝（玄宗）。皇帝下令凿开地面，挖到了一块形如拍板的宝玉，上面用古篆书刻着“天下太平”四个字。百官都以此为祥瑞之兆，纷纷道贺。皇帝便下令将宝玉收藏在宫中的府库里。

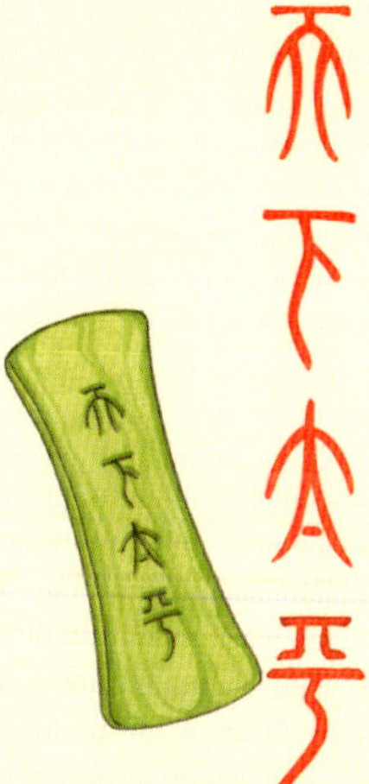

步辇召学士

· 原文 ·

明皇在便殿，甚思姚元崇论时务。七月十五日，苦雨不止，泥泞盈尺。上令侍御者抬步辇召学士来。时元崇为翰林学士，中外荣之。自古急贤待士，帝王如此者，未之有也。

· 译文 ·

玄宗在偏殿休息，突然很想和姚崇讨论时政。当时是七月十五日，连日阴雨不停，道路泥泞不堪，烂泥足有一尺深。于是，玄宗下令，命内侍用步辇（类似轿子）将姚崇抬进宫来。当时，姚崇的职位只不过是翰林学士，中外百姓听闻这件事，都认为姚崇得到了十分荣耀的待遇。自古以来，求贤若渴，厚待贤才的事例为数不少，但礼贤下士如玄宗这种程度的帝王，还从未有过。

赐箸表直

· 原文 ·

宋璟为宰相，朝野人心归美焉。时春御宴，帝以所用金箸令内臣赐璟。虽受所赐，莫知其由，未敢陈谢。帝曰："所赐之物，非赐汝金，盖赐卿之箸，表卿之直也。"璟遂下殿拜谢。

· 译文 ·

宋璟做宰相时，获得了朝野内外的一致赞许。当时正值春天，玄宗设御宴招待群臣。宴会上，玄宗下令，让内侍将自己所用的金筷子赐给宋璟。宋璟虽然接受了赏赐，却不知道受赏的缘故，因而一时未敢谢恩。玄宗说："我赐给你这件东西，并非赐给你黄金。将筷子赐给爱卿，是为了以此表彰爱卿的公正耿直。"宋璟这才走下殿来，跪拜谢恩。

截镫留鞭

·原文·

姚元崇初牧荆州，三年，受代日，阖境民吏泣拥马首，遮道不使去，所乘之马鞭镫，民皆截留之，以表瞻恋。新牧具其事奏之，褒诏美焉。就赐中金一千两。

·译文·

姚崇初次担任荆州刺史，三年期满，在与新任刺史交替职务的那天，荆州全境的百姓和官吏大都哭着围拥住他的马头，挡住道路不让姚崇离去。姚崇所骑的马、马鞭、马镫都被百姓留下，以此表示对姚崇的仰慕和留念之情。新任刺史将这件事详细奏报给玄宗，玄宗看了，下诏褒奖赞美姚崇，并赐给他白银一千两。

惭颜厚如甲

·原文·

进士杨光远，惟多矫饰，不识忌讳，游谒王公之门，干索权豪之族，未尝自足；稍有不从，便多诽谤，常遭有势者挞辱，略无改悔。时人多鄙之，皆云杨光远惭颜厚如十重铁甲也。

·译文·

有个叫杨光远的进士，一向虚伪造作，不懂得忌讳。他常去拜访王侯公卿的府邸，向豪强权贵的族人索取钱财，贪得无厌，从没有知足的时候。别人稍不顺他的意，他就大肆诽谤。因此，他常被有权势的人鞭打凌辱，却不曾有半点悔改。当时的人非常鄙视他，都说：杨光远那常被人羞辱的脸皮厚得简直像十层铁甲啊。

七宝山座

·原文·

明皇于勤政楼，以七宝装成山座，高七尺，召诸学士讲议经旨及时务，胜者得升焉。惟张九龄论辩风生，升此座，余人不可阶也。时论美之。

·译文·

唐明皇在勤政楼里用七种珍宝装饰了一个形状如同小山的宝座，有七尺高。他将诸位学士招来，让他们讲解讨论经典的宗旨和当下的时务，优胜者可以坐上宝座。只有张九龄雄辩滔滔，妙趣横生，得以坐上宝座，其余的人都望尘莫及。于是，当时的舆论都在赞美张九龄。

痴贤

·原文·

右拾遗张方回，精神不爽，时人呼为痴汉子。每朝政有失，便抗疏论之，精彩昂然，进不惧死。明皇尝谓："右拾遗张方回，忠贤人也。"

·译文·

时任右拾遗的张方回，性情不开朗，被世人叫作"痴汉子"。每当朝政出现失误的时候，他就会上书直言，议论其中的错误所在。他的奏章文辞精彩，意气昂扬，直言进谏，全然不在乎自己的生死。唐明皇曾说："右拾遗张方回，是个忠直贤能的人才啊。"

蜂蝶相随

·原文·

都中名姬楚莲香者，国色无双，时贵门子弟争相诣之。莲香每出处之间，则蜂蝶相随，盖慕其香也。

·译文·

都城里有位有名的美人，名叫楚莲香。她的姿色真是国色天香，一时无双。当时，许多贵族子弟争先恐后地登门拜访，以求一睹她的风姿。每当莲香外出或是停留时，都有蜜蜂和蝴蝶紧随围绕，应该是喜爱她身上散发的香气吧。

扫雪迎宾

·原文·

巨豪王元宝，每至冬月大雪之际，令仆夫自本家坊巷口扫雪为径路，躬亲立于坊巷前，迎揖宾客，就本家具酒炙宴乐之，为暖寒之会。

·译文·

大富豪王元宝，每到冬天下大雪的时候，就命仆役们从自家的巷子口开始打扫积雪，扫出一条可供行走的小路来。王元宝亲自站在坊巷前，拱手迎接来访的宾客。他把客人迎到家中，设宴摆酒，宾主共欢，这是当时冬日的民间习俗，名为“暖寒会”。

梦虎之妖

·原文·

周象者，好畋猎，后为汾阳令，忽梦一乳虎相逼，惊而睡觉，因兹染疾。后有僧海宁者，因过象门，谓邻叟曰："此居有妖气，久则不可救也。"邻叟遂闻于象，象召僧令视之。僧曰："当与君禳之。"遂择日设坛，持剑禹步诵咒，自大门而入，至于寝所，绕患人数遍而叱之。忽于床下作一虎声，家人悉惊奔散，周象亦不觉投床下，伏死于地。僧以水噀之，须臾如故。

·译文·

有个名叫周象的人，平日喜欢打猎。后来他被委任为汾阳县令。一天晚上，他忽然梦见一只幼虎向他扑来，他惊恐地从睡梦中醒来，因此染上了疾病。后来，有位法号海宁的僧人，经过周象家门口时，对周象邻居家的老叟说："这所房子里有妖气，若时间久了，房主的生命就无法挽救了。"邻家老叟便将僧人的话告诉了周象，周象便将僧人请至家中查看，僧人说："我将为您祈祷，以求消灾解难。"于是僧人选择吉日设置法坛，手持宝剑，踏着遣神召灵、礼拜星斗的步法，口中念诵咒语，从大门进入，来到周象的寝室，绕着周象疾走数圈，突然大声呵斥他。忽然，僧人在床下发出一阵虎啸声，将周象的家人吓得四散奔逃。周象也不由自主地跳下床，趴在地上，如同死了一般。僧人口含清水，朝周象喷去，过了片刻，周象苏醒过来，恢复了往日康健。

记事珠

原文

开元中，张说为宰相。有人惠说一珠，绀色有光，名曰记事珠。或有阙忘之事，则以手持弄此珠，便觉心神开悟，事无巨细，涣然明晓，一无所忘。说秘而至宝也。

译文

开元年间，张说出任宰相，有人送给他一颗宝珠，颜色深蓝带紫，有光泽，名叫“记事珠”。若有遗漏忘却的事情，就手握此珠把玩，便能心旷神怡、茅塞顿开，大小事宜都能清晰地记起，没有半点忘记。张说将此珠秘藏起来，奉为至宝。

游仙枕

· 原文 ·

龟兹国进奉枕一枚，其色如码碯，温温如玉，其制作甚朴素。若枕之，则十洲三岛、四海五湖，尽在梦中所见。帝因立名为游仙枕。后赐与杨国忠。

· 译文 ·

龟兹国进贡了一个枕头，颜色如玛瑙一般，质地如玉一样温润，它的外观朴实而少雕琢。人若枕在上面，那么传说中神仙居住的十洲三岛、四海五湖等名山胜水都会一一展现在梦境中。因此，玄宗将它命名为“游仙枕”。后来，玄宗把这个枕头赐给了杨国忠。

随蝶所幸

原文

开元末，明皇每至春时旦暮，宴于宫中，使嫔妃辈争插艳花，帝亲捉粉蝶放之，随蝶所止幸之。后因杨妃专宠，遂不复此戏也。

译文

开元末年，每到春天的早晨和傍晚，唐明皇都会在宫中设宴，让嫔妃们按照旨意，争先恐后地在发间插上明艳的鲜花，明皇亲自捉来蝴蝶放出，蝴蝶停在哪位妃子身上，他就临幸哪位妃子住处。后来，杨贵妃入宫，独占明皇的宠爱，宫里就不再进行这种游戏了。

记恶碑

原文

卢奂累任大郡，皆显治声，所至之处，畏如神明。或有无良恶迹之人，必行严断，仍以所犯之罪，刻石立本人门首，再犯处于极刑。民间畏惧，绝无犯法者。明皇知其能官，赐中金五千两，玺诏褒谕焉。故民间呼其石为记恶碑。

译文

卢奂屡次出任大郡的长官，政绩显著，声誉极好。他所到之处，人们对他敬畏如同神明。如果有恶徒或有劣迹的人，他一定会从严判处，然后将其所犯的罪行刻在石碑上，立在其本人家宅的大门前。若有再犯，就将其处以极刑。百姓们十分畏惧，绝没有再犯法的。明皇知道他做官很是能干，便赐给他白银五千两，并下诏书褒奖他。因此民间将这种刻石称为“记恶碑”。

自暖杯

·原文·

内库有一酒杯，青色而有纹如乱丝，其薄如纸，于杯足上有缕金字，名曰“自暖杯”。上令取酒注之，温温然有气相次如沸汤，遂收于内藏。

·译文·

宫中的府库里藏有一个酒杯，青色，杯体上有乱丝一样的纹理，杯壁像纸一样薄，在杯足上镂刻几个镶金的文字，名叫“自暖杯”。玄宗下令往杯中注入酒水，杯中酒很快就热了起来，开始有热气冒出，接着就如滚汤一样沸腾起来。于是，玄宗将它收入皇宫内库，珍藏了起来。

自暖杯

辟寒犀

· 原文 ·

开元二年冬至，交趾国进犀一株，色黄如金；使者请以金盘置于殿中，温温然有暖气袭人。上问其故，使者对曰：“此辟寒犀也。顷自隋文帝时，本国曾进一株，直至今日。”上甚悦，厚赐之。

· 译文 ·

开元二年（714）的冬至日，交趾国进贡了一株犀牛角，色泽如黄金一般。进贡的使者请求将犀牛角装在金盘里，放置在大殿上，这犀牛角渐渐生出了热气，暖意扑面而来。玄宗很是好奇，使者回答说：“这是辟寒犀，在隋文帝时，我国曾进贡过一株，直到今日才再次进贡。”玄宗很是高兴，便重赏了使者。

传书鸽

·原文·

张九龄少年时，家养群鸽，每与亲知书信往来，只以书系鸽足上，依所教之处飞往投之。九龄目之为飞奴。时人无不爱讶。

·译文·

张九龄年少的时候，在家中养了一群鸽子，每当他与亲戚朋友有书信往来的时候，就把信系在鸽子脚上，鸽子就会按张九龄平时的训练路线准确地飞往目的地投送书信。张九龄把它们看成能飞的家奴。当时的世人没有不喜爱这些鸽子并为之惊叹的。

牵红丝娶妇

· 原文 ·

郭元振少时，美风姿，有才艺，宰相张嘉贞欲纳为婿。元振曰："知公门下有女五人，未知孰陋。事不可仓卒，更待忖之。"张曰："吾女各有姿色，即不知谁是匹偶。以子风骨奇秀，非常人也，吾欲令五女各持一丝，幔前使子取便牵之，得者为婿。"元振欣然从命，遂牵一红丝线，得第三女，大有姿色，后果然随夫贵达也。

· 译文 ·

郭元振少年时，相貌俊美，仪表不凡，而且多才多艺。宰相张嘉贞想招他为婿。郭元振说："我知道您家中有五个女儿，但不知她们当中哪个容貌差些，这事不好仓促决定，尚需仔细考虑。"张嘉贞说："我的女儿各有姿色，只是不知哪个与你般配。只因你的风度气质极佳，不是平常之人，我想让我的五个女儿各拿一根丝线，坐在帷幕后，你任意牵动其中一根，牵动的就做你的妻子吧。"郭元振欣然从命，牵起了一根红色的丝线，得到了张嘉贞的三女儿，她十分美丽，后来也果然随着丈夫一起腾达显贵起来。

豪友

·原文·

长安富民王元宝、杨崇义、郭万金等，国中巨豪也，各以延纳四方多士，竞于供送。朝之名寮往往出于门下，每科场文士集于数家，时人目之为豪友。

·译文·

长安城中的王元宝、杨崇义、郭万金等人，是大唐有名的巨富。他们广泛招揽收留四方的读书人，彼此争相往朝堂输送人才，朝堂上的杰出官吏往往出自这几人门下。每次科举考试前后，都有大量参加科考的士子集中在这几个人家里，当时的百姓把他们称为“豪友”。

王元宝
郭万金
杨崇文

唤铁

·原文·

太白山有隐士郭休，字退夫，有运气绝粒之术。于山中建茅屋百余间，有白云亭、炼丹洞、注易亭、修真亭、朝玄坛、集神阁。每于白云亭与宾客看山禽野兽，即以槌击一铁片子，其声清响，山中鸟兽闻之，集于亭下，呼为唤铁。

·译文·

太白山中有位隐士，名叫郭休，字退夫，他有辟谷练气的本领。他在山中修建了一百多间茅屋，有白云亭、炼丹洞、注易亭、修真亭、朝玄坛、集神阁等。他每次在白云亭里与宾客一起观赏山中的飞禽走兽时，就用槌子敲击一块铁片，使其发出清脆的响声，山中的鸟兽们听到后，便会聚集在白云亭下，郭休将这块铁片叫作“唤铁”。

鹦鹉告事

·原文·

长安城中有豪民杨崇义者，家富数世，服玩之属，僭于王公。崇义妻刘氏，有国色，与邻舍儿李弇私通，情甚于夫，遂有意欲害崇义。忽一日，醉归寝于室中，刘氏与李弇同谋而害之，埋于枯井中。其时仆妾辈并无所觉，惟有鹦鹉一只在堂前架上。洎杀崇义之后，其妻却令童仆四散寻觅其夫，遂经府陈词，言其夫不归，窃虑为人所害。府县官吏，日夜捕贼，涉疑之人及童仆辈，经栲捶者百数人，莫究其弊。后来县官等再诣崇义家检校，其架上鹦鹉，忽然声屈，县官遂取于臂上，因问其故。鹦鹉曰："杀家主者刘氏、李弇也。"官吏等遂执缚刘

·译文·

长安城中有个叫杨崇义的富豪，祖上几代都很富有，他的日常服饰和玩赏的器物，甚至超过了王公贵族。杨崇义的妻子刘氏颇为美貌，与邻居的儿子李弇暗中有奸情，二人奸情早已胜过夫妻之情，因此这二人便打算谋害杨崇义。一天，杨崇义醉酒回家，在卧室中睡着了，刘氏便与李弇同谋合力将亲夫杀害，把尸体埋在一口枯井中。当时，家中的仆役婢妾们并没有察觉，只有堂前架上的鹦鹉目睹了一切。谋杀亲夫之后，刘氏故意让家童和仆役们四处寻夫，查无所获，便去官府报案，声称自己的丈夫没有回家，怕是被人杀害了。州府及县里的官吏日夜捕捉凶犯，有百余人被拷问用刑，都未查出纰漏。后来，县令带着差役再次到杨崇义家中排查，架上的鹦鹉突然叫起冤屈来，县令便将它取下放在手臂上，询问它为何喊冤。鹦鹉说："杀我家主人的，乃是刘氏和李弇。"

氏及捕李弇下狱，备招情款。府尹具事案奏闻，明皇叹讶久之。其刘氏、李弇依刑处死，封鹦鹉为绿衣使者，付后宫养喂。张说后为《绿衣使者传》，好事者传之。

官吏们立刻拿下刘氏和李弇，将二人投入狱中，二人如实招认了所犯罪行。长安府尹将此事写成文案，奏报给皇帝，明皇十分惊奇，感叹良久。如此，刘氏和李弇依刑律被处死，明皇将这只鹦鹉封为绿衣使者，把它带入后宫喂养。张说后来写了一篇《绿衣使者传》，喜欢多事的人便将此文四处传扬开来。

瑞炭

·原文·

西凉国进炭百条，各长尺余。其炭青色，坚硬如铁，名之曰瑞炭。烧于炉中，无焰而有光，每条可烧十日，其热气逼人而不可近也。

·译文·

西凉国进贡了数百条木炭，每条有一尺多长。这种炭呈青色，如铁一般坚硬，被称为“瑞炭”。当它在炉中燃烧时，没有火焰，却会发出光亮。每条炭足够燃烧十天，它散发出的热气扑面而来，使人不敢靠太近。

敲冰煮茗

·原文·

逸人王休，居太白山下，日与僧道异人往还。每至冬时，取溪冰敲其精莹者煮建茗，共宾客饮之。

·译文·

有个叫王休的隐士，居住在太白山下，每天与僧侣、道士、性格怪异的人往来。每到冬季时，他就去溪边，从冻结的溪水中取些冰块回去。他把这些冰块中晶莹剔透的部分敲取下来，融化成冰水，用来烹煮福建产的建茶。与宾客们一起饮用。

物外之游

·原文·

王休高尚不亲势利，常与名僧数人，或跨驴，或骑牛，寻访山水，自谓结物外之游。

·译文·

王休的品行清高，从不亲近那些势利小人。他常和几位有名望的僧人结伴同游，他们出行或是骑驴，或是骑牛，一起寻访名山胜水。王休自己认为这是与同道中人结伴进行超脱世俗的游览。

花妖

·原文·

初有木芍药，植于沉香亭前。其花一日忽开一枝两头，朝则深红，午则深碧，暮则深黄，夜则粉白，昼夜之内，香艳各异。帝谓左右曰：“此花木之妖，不足讶也。”

·译文·

以前，曾有株牡丹苗被种植在沉香亭前。有一天，这株牡丹忽然开花，一根花枝上长有两朵花，清晨时是深红色，中午就变为深绿色，傍晚则是深黄色，到了夜间就成了粉白色。在一天的各个时辰里，色泽、香味各不相同。玄宗对侍从们说：“这是花木中的妖精，不必惊讶。”

天宝上

花上金铃

·原文·

天宝初，宁王日侍，好声乐，风流蕴藉，诸王弗如也。至春时，于后园中纫红丝为绳，密缀金铃，系于花梢之上。每有鸟鹊翔集，则令园吏掣铃索以惊之，盖惜花之故也。诸宫皆效之。

·译文·

天宝初年，宁王李宪每天侍奉在玄宗身边，他喜爱音乐，风流潇洒，含蓄有致，诸位亲王都比不上他。到了春天，宁王在府中的后花园里，将红丝搓成的绳子上系满了小金铃，然后把绳子绑在一株株花木的枝梢上。每当有许多鸟鹊飞到花丛中聚集时，他就下令让管理花园的小吏拽动绳索，使绳上的金铃发出声响惊走飞鸟，这大概是他爱惜花木的缘故。宫中诸多亲王也都仿效这种做法。

七宝砚炉

·原文·

内库中有七宝砚炉一所，曲尽其巧。每至冬寒砚冻，置于炉上，砚冰自消，不劳置火。冬月帝常用之。

·译文·

宫中的府库里有一个用七宝装饰的砚炉，做工极为精巧。每到冬日，天气严寒，砚台中的墨被冻住。此时只要将砚台放在这个砚炉上，砚中所结的冰就会自动消融，省去燃火的麻烦。到了每年的农历十一月，玄宗常会用到这个砚炉。

妖烛

·原文·

宁王好声色，有人献烛百炬，似蜡而腻，似脂而硬，不知何物所造也。每至夜筵，宾妓间坐，酒酣作狂，其烛则昏昏然，如物所掩，罢则复明矣，莫测其怪也。

·译文·

宁王李宪喜爱音乐和美色，有人献给他一百多捆灯烛，这种灯烛质地像蜡却更加细腻，像油脂却更加坚硬，不知是用什么材料制成的。每到夜宴时，宾客与歌妓们坐在一起，当他们酒至半醉，狂态尽出的时候，这些灯烛便晦暗不明，仿佛被东西遮住了光亮一般，等宴会结束，又会恢复原本的光亮，没人能知道这种奇怪现象的成因。

梦玉燕投怀

·原文·

张说母梦有一玉燕自东南飞来，投入怀中而有孕，生说。果为宰相，其至贵之祥也。

·译文·

张说的母亲曾做过一个梦，梦见一只玉燕从东南方飞来，投入她的怀中，接着她就有了身孕，生下了张说。后来张说果然当了宰相，这种梦被视为极其宝贵的祥瑞之兆。

馋灯

·原文·

南中有鱼，肉少而脂多，彼中人取鱼脂炼为油，或将照纺缉机杼，则暗而不明；或使照筵宴、造饮食，则分外光明。时人号为“馋鱼灯”。

·译文·

南方有一种鱼，身上肉少脂肪多，那里的人取来这种鱼的脂肪，将它炼成灯油。有人用这种灯油作为纺织照明，灯光就昏暗不明；但有人用这种灯油来为宴会、烹制食物照明，灯光就显得非常明亮。当时的人把用这种灯油的灯叫作“馋鱼灯”。

照病镜

· 原文 ·

叶法善有一铁镜，鉴物如水，人每有疾病，以镜照之，尽见脏腑中所滞之物。后以药疗之，竟至痊瘥。

· 译文 ·

叶法善有一面铁镜，照东西就像水中的倒影一样。每当有人患病时，便用这面镜子照他，他五脏六腑之中淤积的东西全都清晰可见。然后以相应的药物对其进行治疗，直到病愈为止。

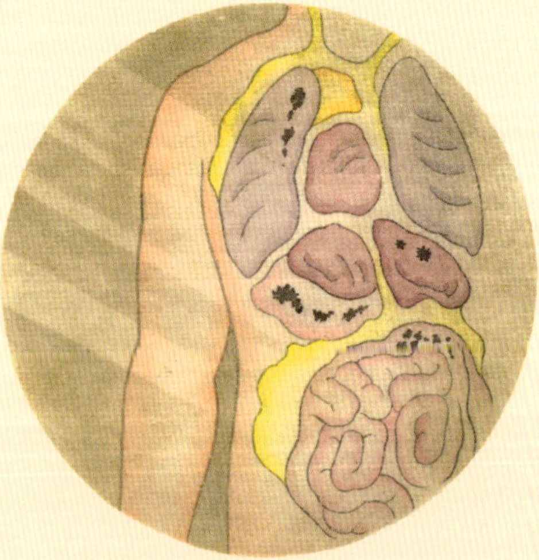

助情花

· 原文 ·

明皇正宠妃子，不视朝政。安禄山初承圣眷，因进助情花香百粒，大小如粳米而色红。每当寝处之际，则含香一粒，助情发兴，筋力不倦。帝秘之曰："此亦汉之慎恤胶也。"

· 译文 ·

唐明皇对杨贵妃的宠爱正盛，因此不理会朝政。安禄山刚刚得到皇帝的宠信，他便趁机进献了一百多粒名叫"助情花"的药丸，气味芬芳，这药每粒如粳米一样大小，外观红色。每当明皇临幸贵妃时便口含一粒，在药物的作用下，明皇兴致勃发，不知疲倦。明皇私下评价说："它的效果和汉代的慎恤胶不相上下。"

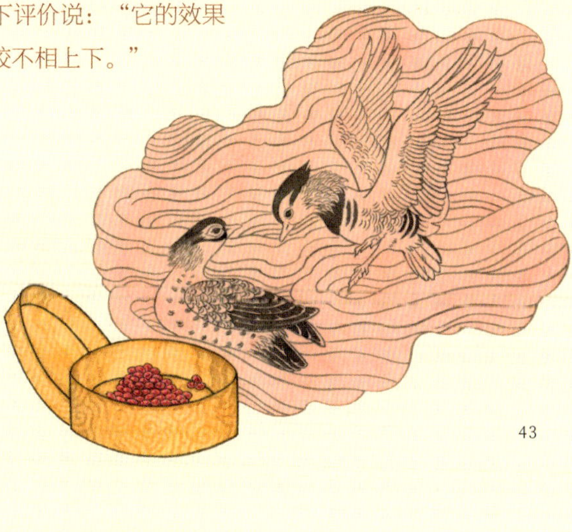

眼色媚人

·原文·

念奴者，有姿色，善歌唱，未常一日离帝左右。每执板当席顾眄，帝谓妃子曰："此女妖丽，眼色媚人。"每啭声歌喉，则声出于朝霞之上，虽钟鼓笙竽嘈杂而莫能遏。宫妓中帝之钟爱也。

·译文·

宫中有个叫念奴的歌伎，容貌美丽，善于唱歌，从未离开过皇帝身边。每当她手持歌板，在座位上眼波流转、左右顾盼时，玄宗对杨贵妃说："这女子风姿美丽，歌声婉转动听，目光柔媚可人。"她放开歌喉，唱出婉转悠扬的歌声，仿佛能穿透长空中的朝霞。即便有钟鼓笙竽等众多乐器声的干扰，也阻挡不住她的歌声。念奴是宫中众多歌伎当中最受玄宗喜爱的一位。

警恶刀

原文

贵妃父杨玄琰，少时尝有一刀，每出入于道途间，多佩此刀。或前有恶兽、盗贼，则所佩之刀铿然有声，似警于人也。玄琰宝之。

译文

杨贵妃的生父杨玄琰在少年时曾有一把佩刀，每当他出行往返于道路上，大都会佩戴这把刀。若是前方有凶猛的野兽或盗贼匪徒，这把佩刀就会发出响亮的声音，似乎在警示它的主人。杨玄琰因此十分珍爱它。

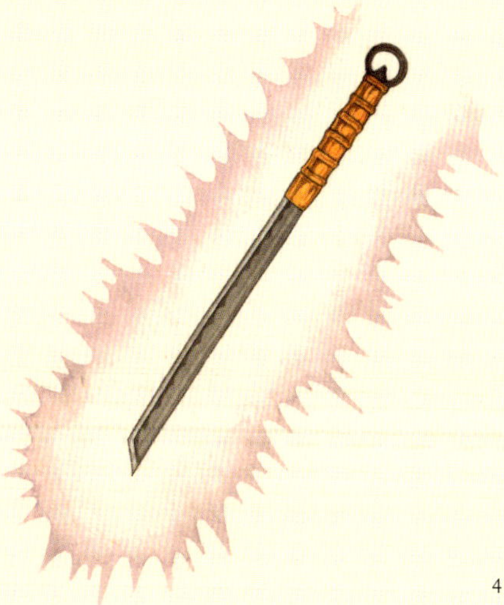

梦中有孕

·原文·

杨国忠出使于江浙，其妻思念至深，荏苒成疾。忽昼梦与国忠交，因而有孕，后生男名朏。洎至国忠使归，其妻具述梦中之事，国忠曰："此盖夫妻相念情感所致。"时人无不讥诮也。

·译文·

杨国忠出使江浙地区，他的妻子裴柔非常思念他，时日久了便相思成疾。一次，她在白天做了一个梦，在梦中与杨国忠几番云雨。因此，裴柔不久便怀有了身孕，后来生下一个男孩，取名"朏"。杨国忠归来后，裴柔便将梦中的事全部告诉了他，杨国忠说："这大概是夫妻间的思念之情所导致的。"此事传开，当时的人没有不嘲笑他的。

裴桑
楊剑

金笼蟋蟀

· 原文 ·

每至秋时，宫中妃妾辈，皆以小金笼捉蟋蟀闭于笼中，置之枕函畔，夜听其声。庶民之家皆效之也。

· 译文 ·

每到秋天，宫中的嫔妃们都会用小金笼捕捉蟋蟀，将它们关在笼中，放在枕边，在夜间听蟋蟀的鸣叫声。平民百姓们也都仿效她们的做法。

烛奴

·原文·

申王亦务奢侈，盖时使之然。每夜宫中与诸王贵戚聚宴，以龙檀木雕成独发童子，衣以绿衣袍，系之束带，使执画烛，列立于宴席之侧，目为烛奴。诸宫贵戚之家皆效之。

·译文·

申王李成义也是个追求奢华享受的人，这大概是当时的风气导致的吧。每天夜里，他与诸位亲王贵戚们聚在宫中饮宴，命人用龙檀木雕刻成留着一个圆形发髻的童子形状，给这些木雕童子穿上绿色衣袍，系上腰带，让他们拿着装饰精美的烛台，将它们在宴席旁排列开来。这些木雕被人们看作“手持蜡烛的家奴”。其他亲王贵戚们的家中都仿效这种做法。

醒醉草

原文

兴庆池南岸，有草数丛，叶紫而心殷。有一人醉过于草傍，不觉失于酒态。后有醉者摘草嗅之，立然醒悟，故目为醒醉草。

译文

在兴庆池南岸，长有数丛野草，这种草叶子是紫色的，茎干部分是黑红色。曾有个人酒后醉倒在这草丛旁，结果不知不觉的就从大醉中恢复常态了。后来，有醉酒的人摘下这种草去闻它，立即就清醒过来了。因此，这种草被称为“醒醉草”。

盆池鱼

·原文·

明皇以李林甫为相，后因召张九龄问可否，九龄曰："宰相之职，四海具瞻，若任人不当，则国受其殃，只如林甫为相，然宠擢出宸衷，臣恐他日之后祸延宗社。"帝意不悦。忽一日，帝曲宴近臣于禁苑中，帝指示于九龄、林甫曰："槛前盆池中所养鱼数头，鲜活可爱。"林甫曰："赖陛下恩波所养。"九龄曰："盆池之鱼犹陛下任人，他但能装景致助儿女之戏尔。"帝甚不悦。时人皆美九龄之忠直。

·译文·

唐明皇任用李林甫为宰相，后来询问张九龄的意见。张九龄说："宰相的职位，是被天下人所瞻望的。如果用人不当，那么国家就会遭受祸殃。然而李林甫出任宰相，只是出自您的个人喜好。臣担心将来会殃及宗庙社稷啊。"明皇听后，心中不高兴。有一天，明皇在禁苑中宴请近臣，明皇指着栏杆前的池子对张九龄和李林甫说："栏杆前的盆池中所养的几尾鱼，灵动活泼，令人喜爱。"李林甫回答说："这全是仰仗陛下的恩泽所致。"张九龄却说："盆池中的鱼，就像陛下用人，它只能作为景致，为儿女的玩赏助兴罢了。"明皇听了更加不悦。当时的人都赞美张九龄的忠诚正直。

看花马

·原文·

长安侠少，每至春时结朋联党，各置矮马，饰以锦鞯金鞍，并辔于花树下往来，使仆从执酒皿而随之，遇好囿则驻马而饮。

·译文·

长安城中那些豪侠少年每到春天的时候，便纠集起一帮意气相投的朋友，各自置办矮马，用金制的马鞍和锦缎制作的坐垫来装饰马匹。他们一起骑着马在花树下往来，让仆人拿着酒具跟随着，遇到有好景致的园林，便停下马来一起饮酒。

香肌暖手

·原文·

岐王少惑女色，每至冬寒手冷，不近于火，惟于妙妓怀中揣其肌肤，称为暖手，当日如是。

·译文·

岐王李范年轻时沉湎于女色，每到冬日天寒，觉得手冷，却不去烤火取暖，只把手伸进容颜美丽的妓女怀中，贴着她的肌肤取暖，他把这叫作“暖手”，平日都是这样。

金衣公子

·原文·

明皇每于禁苑中见黄莺，常呼之为金衣公子。

·译文·

唐明皇每次在宫中的园林里看见黄鹂鸟，都喜欢把它叫作“金衣公子”。

花茵

原文

学士许慎选，放旷不拘小节，多与亲友结宴于花圃中，未尝具帷幄、设坐具，使童仆辈聚落花铺于坐下。慎选曰："吾自有花裀，何消坐具？"

译文

学士许慎选，放逸旷达，待人处世不拘泥于小事。他多次和亲眷友人们在花圃当中摆下宴席，从没有准备过帐幕和坐具，他让小童和仆人们把凋落的花瓣收集在一起，铺开来让亲友们坐在上面。许慎选说："我自有落花作垫褥，哪里用得着坐具呢？"

销恨花

·原文·

明皇于禁苑中，初有千叶桃盛开，帝与贵妃日逐宴于树下。帝曰：“不独萱草忘忧，此花亦能销恨。”

·译文·

唐明皇在皇家园林中游乐，当初有株千叶桃，桃花盛开的时候，明皇和杨贵妃每天都在树下嬉戏饮宴。明皇说：“不单只有萱草可以让人忘掉忧愁，这桃花也能消除遗憾。”

依冰山

·原文·

杨国忠权倾天下，四方之士，争诣其门。进士张彖者，陕州人也，力学有大名，志气高大，未尝低折于人。人有劝彖令修谒国忠，可图显荣。彖曰："尔辈以谓杨公之势，倚靠如泰山；以吾所见，乃冰山也。或皎日大明之际，则此山当误人尔。"后果如其言，时人美张生见几。后年，张生及第，释褐授华阴尉。时县令、太守，俱非其人，多行不法。张生有吏道，勤于政事，每申举一事，则太守、令尹抑而不从。张生曰："大丈夫有凌霄盖世之志，而拘于下位，若立身于矮屋中，使人抬头不得。"遂拂衣长往，归遁于嵩山。

·译文·

杨国忠的权势极大，四方的读书人争着拜到他的门下。有个叫张彖的进士，是陕州人，以有才学而闻名，志向远大，从未为谋求禄位而求见权贵。有人劝张彖修书求见杨国忠，可求荣华富贵。张彖说："你们以为杨公如今的权势极大，倚靠他就像倚靠泰山一样。以我看来，这只是座冰山。到了太阳当空，阳光炽热的时候，这山会误人的。"后来果然如他所说，当时的人都称赞张彖的见解。过了几年，张彖考中了进士，被授予华阴尉一职。当时的华阴县令和刺史都不是称职的官员，平时多有不法行为。张彖为官有道，勤于政务，但每建议一件事情，刺史、县令、府尹都拒不采纳。张彖说："大丈夫有直上云霄的志向，却被限制在低下的职位上，就像站在低矮的房屋里，使人无法抬头。"于是拂袖而去，前往嵩山隐居去了。

禽拥行车

· 原文 ·

李元纮，开元初为好畤令，赋役平允，不严而治，大有政声。迁润州司马，发离百里，士民号泣遮路，鸟鹊之类飞拥行车。有诏褒美之。

· 译文 ·

李元纮，开元初年出任好畤县令，赋税和劳役都公平适当，没有严苛的惩罚，将当地治理得井井有条，政绩声誉非常好。后来他升任润州司马，离开好畤县，走到百里之外，百姓们都拦路大哭，不让他离去。天上的鸟鹊之类也都纷纷飞来，簇拥着他的车马。皇帝听说这件事，便下诏嘉奖赞美他。

镜影成相字

·原文·

宋璟未第时，因于日中览镜，镜影忽成“相”字。璟因此自负，遂修相业，后如其志。

·译文·

宋璟未中进士的时候，有天中午照镜子，镜中的影像忽然变成一个“相”字，宋璟因此信心倍增，便立志研修出将入相的学问，后来果然实现了他的志向。

知更雀

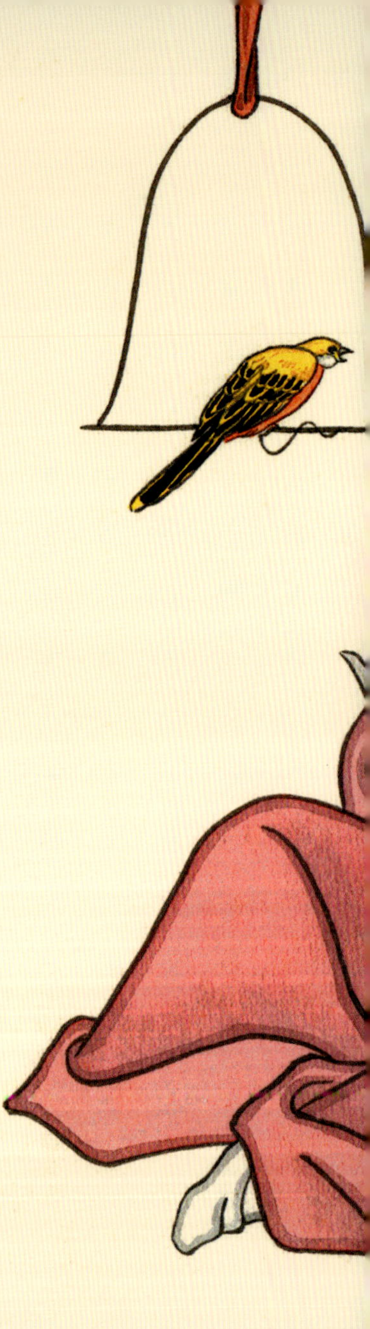

原文

裴耀卿勤于王事，夜看案牍，昼决狱讼。常养一雀，每夜至初更时有声，至五更则急鸣，耀卿呼为知更雀。又于厅前，有一大桐树，至晓则有群鸟翔集，以此为出厅之候，故呼为报晓鸟。时人美焉。

译文

裴耀卿勤于政务，晚上批阅公文，白天判决案件。他平时养着一只小鸟，小鸟每天晚上到了初更时分就会鸣叫，到了五更时分就会鸣叫得更急，裴耀卿把它叫作“知更雀”。在厅堂前面，又生长着一棵大桐树，到了拂晓时就会有群鸟飞来聚集在此，裴耀卿以此作为出厅的时间，因此将它们叫作“报晓鸟”。当时的人都称赞这件事。

枯松再生

·原文·

明皇遭禄山之乱，銮舆西幸，禁中枯松复生枝叶，葱蒨宛若新植者。后肃宗平内难，重兴唐祚。枯松再生，祥不诬矣。

·译文·

唐明皇遭遇了安禄山叛乱，自己也西逃至蜀地，此时禁宫中的枯松重新生出枝叶，青翠茂盛，好像新栽种的树一样。后来唐肃宗李亨平息内乱，重新振兴大唐国运。可见“枯松再生”的征兆不假。

颠饮

·原文·

长安进士郑愚、刘参、郭保衡、王冲、张道隐等十数辈，不拘礼节，旁若无人。每春时，选妖妓三五人，乘小犊车，指名园曲沼，藉草裸形，去其巾帽，叫笑喧呼，自谓之颠饮。

·译文·

长安的进士郑愚、刘参、郭保衡、王冲、张道隐等十几个人，不拘泥于礼仪规矩，言谈举动毫无顾忌，好像四周无人一样。每到春天的时候，他们就挑选妖娆的歌妓三五人，乘着小牛拉的车，前往有名的园林曲池。他们坐卧在草丛中，裸露身体，摘下头巾和帽子，大叫大笑，喧哗不已。他们自称这是"颠饮"。

选婿窗

原文

李林甫有女六人，各有姿色，雨露之家，求之不允。林甫厅事壁间，开一横窗，饰以杂宝，缦以绛妙。常日使六女戏于窗下，每有贵族子弟入谒，林甫即使女于窗中自选可意者事之。

译文

李林甫家中有六个女儿，各有姿色，一般的人家若来求亲，都不会答允。李林甫在家中大厅的墙上开了一扇小横窗，用的多种珍宝装饰，并遮上纱帘。平时让六个女儿坐在窗下，每当有贵族子弟前来拜谒时，李林甫就让女儿们从窗户里自行选择中意的人。

四方神事

· 原文 ·

姚元崇为宰相，忧国如家，爱民如子，未尝私于喜怒，惟以忠孝为意。四方之民，皆画元崇之真神事焉，求之有福。

· 译文 ·

姚崇做宰相的时候，忧劳国事如忧劳家事一般，爱惜百姓如爱惜子女一样，从未因个人得失而高兴或发怒，只在意为国尽忠，于家尽孝。四方百姓都把姚崇的相貌画下来，当作真神来供奉，认为向他祈求会得到幸福。

立有祸福

·原文·

卢奂为陕州刺史，严毅之声闻于关内。玄宗幸京师、次陕城，顿知奂有神政，御笔赞于厅事曰：“专城之重，分陕之雄。仁虽惠爱，性实谦冲。亦既利物，存乎匪躬。斯为国宝，不坠家风。”寻除兵部侍郎。陕州之民多有淫祀者，州之士民相语曰：“不须赛神明，不必求巫祝。尔莫犯卢公，立便有祸福。”

·译文·

卢奂出任陕州刺史，他严厉刚毅的名声传遍了关内。玄宗驾临京师，接着来到陕城，立刻得知卢奂施行了高明的政治措施。他亲自在衙署的大堂上题词说：“主宰一城承担重任，治理陕州政绩杰出，仁政惠爱百姓，性格确实很谦虚，为官有益于万物，全在于忠心耿耿，不顾自身。这是国家的宝贵人才，不辱没家族的名声。”不久便任命他为兵部侍郎。陕州的百姓有不少人进行不合礼制的祭祀，州中的百姓们互相告知：“不要酬谢神明给你赐福，不要乞求巫祝为你免祸，你不要冒犯了卢奂，是祸是福会立见应验。”

移春槛

·原文·

杨国忠子弟，每春至之时，求名花异木植于槛中，以板为底，以木为轮，使人牵之自转。所至之处，槛在目前，而便即欢赏，目之为移春槛。

·译文·

杨国忠家族里的年轻人，每到春天来临的时候，就四处寻求名花异木，种植在有围栏的车上。这种车用木板做底，用木头做车轮，让人牵引着它到处行走，所到之处，围栏内的名花异木就在眼前，可以一边游玩，一边赏花，因此被叫作“移春槛”。

冰山辟暑

· 原文 ·

杨氏子弟，每至伏中，取大冰使匠琢为山，周围于宴席间，座客虽酒酣而各有寒色，亦有挟纩者。其骄贵如此也。

· 译文 ·

杨家的年轻后辈，每到三伏天便取来大冰块，让工匠雕琢成山的样子，将其环绕着宴席的空隙放置，在座的客人虽然饮酒至半醉仍然各自觉得寒冷，还有披着棉衣的。他们的骄奢显贵已到了这样的程度。

戏掷金钱

·原文·

内庭嫔妃，每至春时，各于禁中结伴三人至五人，掷金钱为戏，盖孤闷无所遣也。

·译文·

后宫中的嫔妃，每到春天的时候，各自在宫禁中三至五人一起结成伴，玩抛投金钱的游戏，那是因为她们的孤独苦闷无处打发的缘故。

射团

原文

宫中每到端午节，造粉团角黍贮于金盘中，以小角造弓子，纤妙可爱。架箭射盘中粉团，中者得食，盖粉团滑腻而难射也。都中盛于此戏。

译文

宫中每到端午节时，就会制作粉团、角黍（粽子），放在金盘中。宫女们用细小的兽角制作出小巧精致的弓，搭箭去射盘中的粉团，射中的人就可以吃粉团。大概粉团外皮滑腻，很难射中。京城中很流行这种游戏。

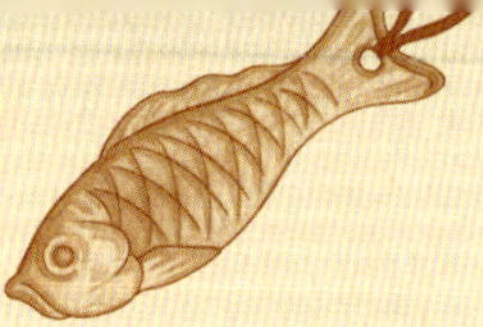

卷下

天宝下

探官

·原文·

都中每至正月十五日，造面茧，以官位帖子，卜官位高下，或赌筵宴，以为戏笑。

·译文·

京城中每到正月十五日那天，人们都会制作“面茧”（一种有馅的馒头），然后用写有官衔的官位帖子放在面茧下面，以此来占卜各人未来官位的高低，或者用在宴席上争输赢以作为玩乐。

撤去灯烛

·原文·

苏颋与李乂对掌文诰，玄宗顾念之深也。八月十五夜，于禁中直宿，诸学士玩月，备文酒之宴。时长天无云，月色如昼。苏曰：“清光可爱，何用灯烛？”遂使撤去。

·译文·

苏颋与李乂共同掌管诰令，玄宗很是信任他们。八月十五日中秋之夜，众人在禁宫中通宵值班，诸位学士赏月，备下宴席饮酒赋诗。当时长天无云，月色明亮如同白昼一般。苏颋说：“这清亮的月光令人喜爱，哪里用得着灯烛？”便命人将灯烛撤去。

刀枪自鸣

·原文·

武库中刀枪自鸣，识者以为不祥之兆。后果有禄山之乱、大驾西幸之应也。

·译文·

武库中的刀枪自动发出了鸣叫声，有见识的人说这是不祥之兆。后来果然应验，发生了安禄山叛乱、玄宗西逃蜀地避难的事。

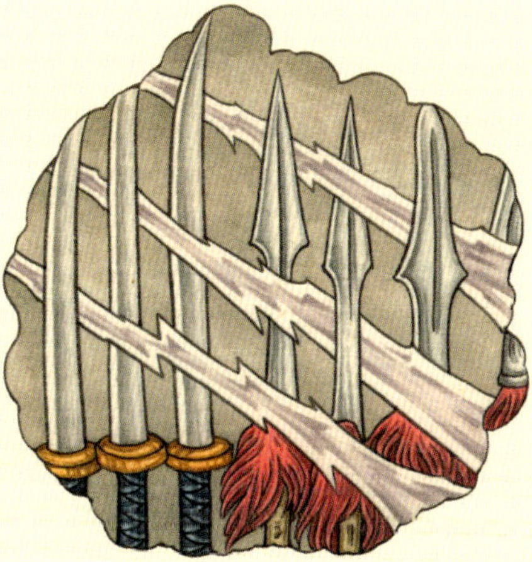

富窟

·原文·

王元宝，都中巨豪也。常以金银叠为屋，壁上以红泥泥之。于宅中置一礼贤堂，以沉檀为轩槛，以碔砆甃地面，以锦文石为柱础，又以铜线穿钱甃于后园花径中，贵其泥雨不滑也。四方宾客，所至如归。故时人呼为王家富窟。

·译文·

王元宝，是都城中的大富豪，经常堆叠金银作为墙砖来建房屋，然后再涂上红泥封存。又在宅子里设了一座“礼贤堂”，用沉香木、檀木做栏板，用外观似玉的石头做地板，用锦文石做柱子的础石，又用铜线穿钱铺在后园花间小路上，其可贵之处在于雨天防滑。四方宾客前来拜访，都能有宾至如归的舒适感。因此，当时的人将这叫作“王家富窟”。

床畔香童

· 原文 ·

元宝好宾客，务于华侈，器玩服用，僭于王公，而四方之士尽归而仰焉。常于寝帐床前雕矮童二人，捧七宝博山炉，自暝焚香彻晓，其骄贵如此。

· 译文 ·

王元宝喜欢招揽宾客，追求奢华的生活。他玩赏的器物、穿着的服饰和日常用品更胜过王公贵族，四面八方的文人都投到他门下，表示仰慕。王元宝常在寝帐床前摆上两个木雕矮童，手捧七宝博山炉，炉中燃香，从黄昏开始直至拂晓，他骄奢华贵到了如此地步。

龙皮扇

·原文·

元宝家有一皮扇子，制作甚质。每暑月宴客，即以此扇子置于坐前，使新水洒之，则飒然风生。巡酒之间，客有寒色，遂命撤去。明皇亦曾差中使去取看，爱而不受，帝曰："此龙皮扇子也。"

·译文·

王元宝家里有一柄皮质扇子，制作上很朴素。每到夏天最热的时候，王元宝在设宴招待宾客时，将这柄扇子放在座位前方，用新汲的水洒在扇子上，就会嗖嗖地吹起风来。依次斟酒的时候，客人已经觉得寒冷，便命仆人将扇子收起来。唐明皇曾派宫中的宦官将扇子取去观看，明皇虽然喜爱此扇，却并不接受此扇。明皇说："这是龙皮制成的扇子啊！"

梦笔头生花

原文

李太白少时，梦所用之笔头上生花，后天才赡逸，名闻天下。

译文

李白少年时曾做过一个梦，梦见平常所用的毛笔笔头上开出了花朵。后来，他天赋卓越，才情丰赡俊逸，声名传遍了天下。

醒酒花

·原文·

明皇与贵妃幸华清宫，因宿酒初醒，凭妃子肩同看木芍药。上亲折一枝，与妃子递嗅其艳，帝曰：“不惟萱草忘忧，此花香艳，尤能醒酒。”

·译文·

唐明皇与杨贵妃驾临华清宫，因为隔夜酒醉刚刚醒来，明皇靠着贵妃的肩膀，一起看牡丹。明皇亲自折了一枝花给贵妃，让她闻花香。明皇说：“不单是萱草能使人忘忧，这香艳的牡丹，特别能让人从酒醉中清醒过来。”

蛛丝卜巧

·原文·

帝与贵妃，每至七月七日夜在华清宫游宴。时宫女辈陈瓜花酒馔列于庭中，求恩于牵牛、织女星也。又各捉蜘蛛闭于小合中，至晓开视蛛网稀密，以为得巧之候，密者言巧多，稀者言巧少。民间亦效之。

·译文·

唐玄宗和杨贵妃，每年到了七月七日夜就会在华清宫游玩宴饮。这时，宫女们会陈列瓜果、鲜花和酒食在庭院里，向牵牛和织女星祈求织巧。又各自捕捉蜘蛛装在小盒子中，到了早上打开盒子看蛛网的疏密，以此观测“得巧”的情况，蛛网密的说明“得巧”多，稀疏的则“得巧”少。民间也效仿这种做法。

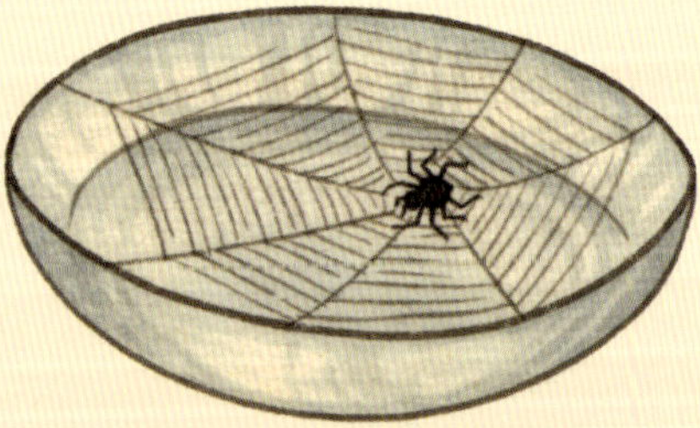

夜明杖

·原文·

隐士郭休有一柱杖，色如朱染，叩之则有声。每出处遇夜，则此杖有光，可照十步之内。登危陟险，未尝足失，盖杖之力焉。

·译文·

隐士郭休有一根拐杖，颜色像朱砂染成的一样，敲击它会发出声音。每次外出遇到夜晚，这拐杖就会发出光来，能照亮十步以内的距离。攀登涉足危险的地方，从没有失过足，都是这根拐杖的功劳。

郡神迎路

· 原文 ·

张开为荆州刺史，至郡界，风雨暝晦，不辨面目，唯闻空中有殿喝之声相次，云中有衣紫披甲胄者十数人。开问其故，对曰：“某荆州内外所主之神，久仰使君令名，故相率迎引。”到任谒庙后，各致祭谢及建饰庙貌。自此政誉尤善也。

·译文·

张开出任荆州刺史，当他来到荆州地界的时候，风雨大作，天色昏暗，连人的面目也看不清，只听到空中吆喝开道的声音，接着便见云端里相继出现了十几个穿着紫色衣服披挂着甲胄的人。张开问他们这样做的缘故，他们回答说：“我们是主管荆州全境各处的神灵，久仰使君的美名，因此一个接一个地迎接引导您到任。”张开到任，拜谒了安放神灵的庙宇后，一一致谢，并对各处的庙宇进行了修葺装饰，使得庙宇面貌一新。从此以后，张开的政誉更加美好了。

县妖破胆

·原文·

李杲迁洛阳令，严刑峻法，民吏畏服。县之积弊，杲尽革之。逾月之中，县务清简。时有进士刘兼，赴举上都，舍于村邸。至夜中，闻户外街衢中有数人相语曰：“李令今古正人也，吾辈见其行事威猛，令人破胆，此中不可久居，宜迁于他邑，可求血食也。”兼讶其事，遂启门视之，寂无影响，方知乃邑之妖神也。兼遂书赞一首于村邸之壁云：“狡吏畏威，县妖破胆。好录政声，闻于御览。”后明皇旌其能，赐金百两及章服焉。

·译文·

李杲升任洛阳县令，他采用严明的法令和严厉的刑罚，使得民众和官吏都畏惧而服从。县中积累已久的弊病，被李杲全部革除。一个月内，县里的政务变得清廉简洁。当时有个叫刘兼的进士，进京赶考，在村子里的旅舍住宿。到了夜里，听到门外街道上有几个人说话，他们说：“李县令是古往今来少见的正直之人，我们看见他做事这样威武勇猛，叫人十分害怕。这里不能久住了，应该迁居到别的城市去，才能够设法得到祭祀。”刘兼听了，很是惊讶，就开门去看，街道上却寂静无人，这才知道那些人是县城里的妖神。刘兼就写了一首赞诗在旅舍的墙壁上，说：“狡猾的官吏畏惧威严，县里的妖神也吓破了胆，记录下优异的政绩声誉，让他的声名传扬到天子那里去。”后来，明皇为表彰李杲的才能，赐给他百两金子和礼服。

李杲

泥金帖子

·原文·

新进士才及第，以泥金书帖子附家书中，用报登科之喜。至文宗朝，遂寝削此仪也。

·译文·

每当应试的读书人科举考试中选，成为新科进士，就用泥金涂饰的笺帖附在家信里，用来报知考中的喜讯。到了唐文宗在位的时候，就废除了这种仪式。

喜信

原文

新进士每及第，以泥金书帖子附于家书中，至乡曲亲戚，例以声乐相庆，谓之喜信也。

译文

每次有新考中的进士，都会用泥金涂饰的笺帖附在家信中，用以报喜。传到乡里亲戚那里，按照惯例，都要敲锣打鼓为之庆祝，称为“喜信”。

被底鸳鸯

·原文·

五月五日，明皇避暑，游兴庆池，与妃子昼寝于水殿中。宫嫔辈凭栏倚槛，争看雌雄二鸂鶒戏于水中。帝时拥贵妃于绡帐内，谓宫嫔曰："尔等爱水中鸂鶒，争如我被底鸳鸯？"

·译文·

五月五日，唐明皇为了避暑，游览兴庆池，和杨贵妃在临水的宫殿中午睡。宫女妃嫔们倚靠着栏杆，争着观看雌雄两只鸂鶒在水中嬉戏。当时，明皇正抱着杨贵妃在青纱帐里休息，看到这个景象，便对宫女妃嫔们说："你们喜爱水中的鸂鶒，怎么比得上我这被底的鸳鸯？"

相风旌

·原文·

五王宫中，各于庭中竖长竿，挂五色旌于竿头。旌之四垂，缀以小金铃，有声，即使侍从者视旌之所向，可以知四方之风候也。

·译文·

五位亲王都各在自己的庭院里竖起一根长竿，在竿头挂上五色旗帜，在旗帜的四个边角系上小金铃。金铃一旦发出声响，就让侍从查看旗帜拂动的方向，便能得知各方的风向。

占雨石

·原文·

学士苏颋有一锦纹花石，镂为笔架，尝置于砚席间，每天欲雨，即此石架津出如汗，逡巡而雨。颋以此常为雨候，固无差矣。

·译文·

学士苏颋有一块布满美丽花纹的石头，将它雕刻成笔架，放在读书写作的地方。每到天快要下雨的时候，这个石笔架就会渗出水汽来，就像是流汗一样，顷刻之间就下起雨来。苏颋把这个规律当作下雨的征兆，一定不会有差错。

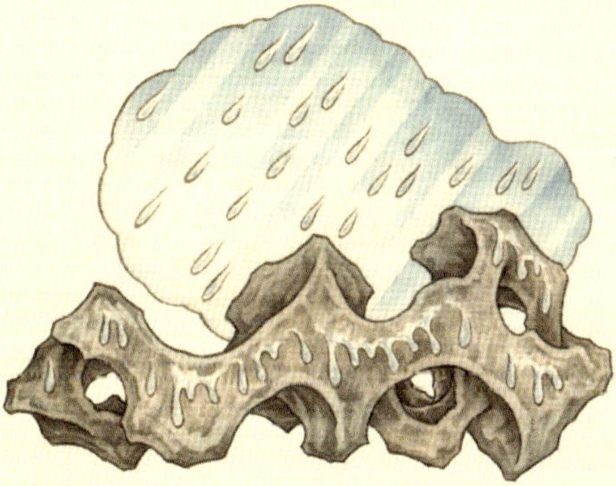

向火乞儿

·原文·

张九龄见朝之文武僚属趋附杨国忠，争求富贵。惟九龄未尝及门，杨甚衔之。九龄常与识者议曰：“今时之朝彦，皆是向火乞儿，一旦火尽灰冷，暖气何在？当冻尸裂体，弃骨于沟壑中，祸不远矣。”果然因禄山之乱，附炎者皆罪累族灭，不可胜数。九龄之先见，信夫神智博达也！向火言附炎也。

·译文·

张九龄见满朝文武官员及其下属纷纷迎合依附于杨国忠，争相求取富贵。只有张九龄从未登门拜访，杨国忠很是怨恨。张九龄曾与有见识的人说：“如今这些朝中的俊彦，都是近火取暖的乞丐。一旦火燃烧完，灰烬也凉了，那时还有什么暖气？等到那时，将会被冻裂尸体，骨骸被扔在山沟里，祸事不远了。”果然，因为安禄山的叛乱，当初因依附杨国忠而受到牵连被灭族的人，多不胜数。张九龄的看法，可以说是先见之明，他的精神智慧广博而通达。所谓“向火”就是指趋炎附势。

结棚避暑

原文

长安富家子刘逸、李闲、卫旷，家世巨豪，而好接待四方之士，疏财重义，有难必救，真慷慨之士，人皆归仰焉。每至暑伏中，各于林亭内植画柱，以锦绮结为凉棚，设坐具，召长安名妓间坐，递相延请，为避暑之会。时人无不爱羡也。

译文

长安的富家子弟刘逸、李闲、卫旷，出身于富豪之家，喜欢接待四方的宾客，为人疏财重义，遇到他人有危难时，必然会帮忙解救，真是慷慨之士，许多人都归附仰仗他们。每到酷暑伏天，他们各自在园林亭台间竖起彩画柱子，用锦缎罗绮搭成凉棚，准备坐具，召请长安城中名妓陪坐，依次邀请宾客，作为避暑的集会。当时的人无不艳羡。

冰箸

·原文·

冬至日大雪，至午雪霁，有晴色，因寒，所结檐溜，皆为冰条。妃子使侍儿敲下二条看玩。帝自晚朝视政回，问妃子曰："所玩何物耶？"妃子笑而答曰："妾所玩者，冰箸也。"帝谓左右曰："妃子聪慧，此象可爱也。"

·译文·

冬至那天下了大雪，到了正午雪停，有了放晴的景象。由于寒冷，房檐流下的雪水都冻成了冰条。杨贵妃命侍女敲下两条，拿来观赏把玩。玄宗上朝较迟，处理完政务回来，便问贵妃："你把玩的是什么物件呢？"贵妃笑着回答说："妾身把玩的，是冰做的筷子。"玄宗对侍女们说："贵妃聪明慧颖，这样子真是让人喜爱啊！"

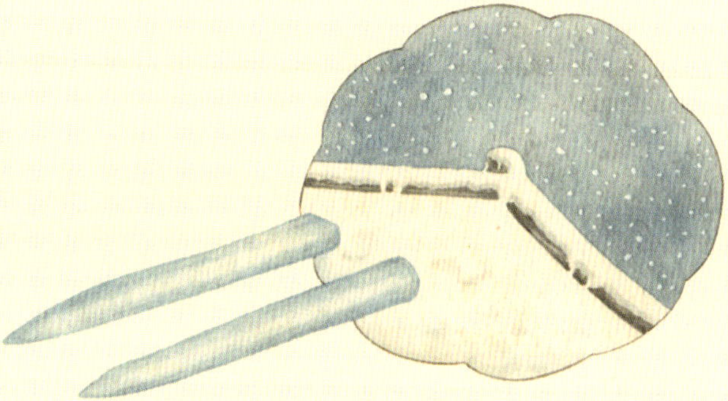

鸡声断爱

·原文·

长安名妓刘国容，有姿色，能吟诗，与进士郭昭述相爱，他人莫敢窥也。后昭述释褐，授天长簿，遂与国容相别。诘旦赴任，行至咸阳，国容使一女仆驰矮驹赍短书云：“欢寝方浓，恨鸡声之断爱；恩怜未洽，叹马足以无情。使我劳心，因君减食，再期后会，以结齐眉。”长安子弟多诵讽焉。

·译文·

长安城中有个叫刘国容的名妓，很有姿色，能够写诗，与进士郭昭述相互爱恋，他人都不敢觊觎。后来郭昭述被授予天长簿一职，便与刘国容分别。郭昭述清晨出发赴任，行走到咸阳的时候，刘国容让一个女仆骑着矮马送来一封短信，信上说：“你我欢好之情正浓，只恨鸡鸣声把我们分开；这情谊与爱意还未融洽，那无情的马蹄已载着你疾驰而去。我忧心伤神，因为你连饭也吃不下了，更盼望日后相会，你我能结为夫妻。”这封短信被长安城中的年轻人传唱一时。

占风铎

·原文·

岐王宫中于竹林内悬碎玉片子，每夜闻玉片子相触之声即知有风，号为占风铎。

·译文·

岐王李隆范在自己宫中的竹林里悬挂了不少碎玉片子。每天夜里，听到碎玉片子互相触碰的声音就知道外面刮风了。这些玉片被叫作“占风铎”。

山猿报时

原文

商山隐士高太素，累征不起，在山中构道院二十余间。太素起居清心亭下，皆茂林秀竹、奇花异卉。每至一时，即有猿一枚诣亭前，鞠躬而啼，不易其候。太素因目之为报时猿，其性度有如此。

译文

居住在商山的隐士高太素，屡次被朝廷召请做官，他都拒绝了。他在山中建造了二十余间修道用的房屋。高太素的日常起居都在清心亭，那里四周都是茂密高大的树林和竹丛，还有种种珍奇的花卉生长其间。每到一个时辰，就有一只猿猴来到亭子前，一边鞠躬一边啼叫，从来不改变时间。高太素因此将它看作报时的猿猴，他的性情气度大概就是这样。

红冰

· 原文 ·

杨贵妃初承恩召，与父母相别，泣涕登车。时天寒，泪结为红冰。

· 译文 ·

杨贵妃初次奉诏入宫，和父母道别，因为心中难过，登车的时候涕泪交加。当时的天气十分寒冷，她的泪水都结成了红色的冰晶。

精神顿生

·原文·

明皇每朝政有阙，则虚怀纳谏，大开士路。早朝百辟趋班，帝见张九龄，风威秀整，异于众僚，谓左右曰：“朕每见九龄，使我精神顿生。”

·译文·

唐明皇每当朝政有失误的时候，就虚心接受臣下的进谏，广开言路。早朝时群臣依次就位，明皇看见张九龄，只见他威仪不凡，俊秀严整，在同僚中显得十分出众。便对侍臣说：“每次看见张九龄，都能让我忽然精神饱满起来。”

口案

·原文·

张九龄累历刑狱之司，无所不察。每有公事赴本司行勘，胥吏辈未敢讯劾，先取则于九龄。囚于前面分曲直，口撰案卷，囚无轻重，咸乐其罪。时人谓之张公口案。

·译文·

张九龄经常视察刑狱方面的工作，没有他察觉不到的纰漏。每次有公事时，他前往官署进行审问，官府的小吏们不敢审理判罪，都先将案件拿来向张九龄求教。张九龄让囚犯在面前申辩是非，他口述案卷，囚犯所犯之事无论轻重，都能心悦诚服地认罪。当时的人称为“张公口案”。

言刑

· 原文 ·

张燕公说，有宰辅之才，而多诡诈，复贪财贿。时人亦多之，亦污之。每中书议事，及众僚巡厅，或有所忤，立便叱骂，为众所嫌。故朝彦相谓曰：“张公之言，毒于极刑。”言好面辱人也。

· 译文 ·

燕国公张说，有做宰相的才能，为人却狡猾奸诈，并且贪财受贿。当时的人既称赞他，又贬斥中伤他。他每次到中书省议事，在众官员巡视官厅时，若有人不顺他的意，他立刻当场叱骂对方，大家都很厌恶他。因此朝廷的大臣们都说：“张公的话语，比最严酷的刑罚还要恶毒。”这意思是说他爱当面侮辱别人。

销魂桥

·原文·

长安东灞陵有桥，来迎去送皆至此桥，为离别之地，故人呼之销魂桥也。

·译文·

长安东面的灞陵有座桥，人们平时迎接归人或送别离人都会来到这座桥，这是人们分离告别的地方，因此被叫作“销魂桥”。

逐恶如驱蚊蚋

· 原文 ·

袁光庭累典名藩，皆有异政。明皇谓宰辅曰："袁光庭性逐恶如扇驱蚊蚋。"

· 译文 ·

袁光庭屡次主管地方重镇，都获得了优异的政绩。唐明皇对宰相说："袁光庭的性格疾恶如仇，如同用扇子来驱赶蚊子。"

吹火照书

·原文·

苏颋少不得父意，常与仆夫杂处，而好学不倦。每欲读书，又患无灯烛，常于马厩灶中，旋吹火光照书诵焉。其苦学如此，后至相位。

·译文·

苏颋少年时不受父亲的喜爱，常与仆役们混杂一处，却依然好学不倦。每次想读书时，又苦于没有灯烛，只好经常在马厩的灶台旁，不时吹亮灶台中的火光，借着这光亮读书。他就是这样刻苦学习，后来终于登上宰相之位。

金牌断酒

·原文·

安禄山受帝眷爱，常与妃子同食，无所不至。帝恐外人以酒毒之，遂赐金牌子，系于臂上。每有王公召宴，欲沃以巨觥，禄山即以牌示之，云准敕断酒。

·译文·

安禄山受到玄宗的关心喜爱，经常与杨贵妃一同进餐，时常跟随左右。玄宗怕有人用毒酒加害安禄山，便赐给他一块金牌，让他系在胳膊上。每逢有王公贵族召请安禄山赴宴，想用大杯向他劝酒，他便将金牌亮出来给人看，说："依照皇上的敕令戒酒。"

文阵雄帅

·原文·

张九龄常览苏颋文卷，谓同僚曰："苏生之俊赡无敌，真文阵之雄帅也。"

·译文·

张九龄经常阅读苏颋的文章，他对同僚说："苏生的文辞华美丰赡，可谓难逢敌手，他真是文坛统帅一样的人物。"

射飞毛

原文

羽林将刘洪，喜骑射，常对御，使人于风中掷鹅毛，洪连箭射之，无有不中。帝赏叹厚赐焉。

译文

羽林军将领刘洪，平时喜爱骑马射箭，经常参加皇帝的赐宴。刘洪让人在风中扔出鹅毛，他接连发箭去射，没有射不中的。皇帝对他的高超箭法极为欣赏叹服，便重重赏赐了他。

索斗鸡

·原文·

李林甫为性狠狡，不得士心，每有所行之事，多不协群议，而面无和气。国人谓林甫精神刚戾，常如索斗鸡。

·译文·

李林甫为人性情奸诈狠毒，得不到士大夫们的拥戴。他每次所做的事情大多不与群臣协商，而且他脸上从来没有和善的表情。全国的人都说：“李林甫的性情刚愎乖戾，经常像求斗的公鸡一样。”

传书燕

·原文·

长安豪民郭行先，有女子绍兰，适巨商任宗，为贾于湘中，数年不归，复音信不达。绍兰目睹堂中有双燕戏于梁间，兰长吁而语于燕曰："我闻燕子自海东来，往复必经由于湘中。我婿离家不归数岁，蔑有音耗，生死存亡，弗可知也，欲凭尔附书投于我婿。"言讫泪下。燕子飞鸣上下，似有所诺。兰复问曰："尔若相允，当泊我怀中。"燕遂飞于膝上。兰遂吟诗一首云："我婿去重湖，临窗泣血书。殷勤凭燕翼，寄与薄情夫。"兰遂小书其字系于足上，燕遂飞鸣而去。任宗时在荆州，忽见一燕飞鸣于头上，宗讶视之，燕

·译文·

长安富豪郭行先，有个女儿名叫绍兰，嫁给了巨商任宗为妻。任宗去湖南一带做生意，数年不归，音信一直无法传达。绍兰在家中看见堂上有两只燕子在梁间嬉戏，便长叹着对燕子说："我听说燕子从海东飞来，回去的路上一定会经过湖南一带。我的丈夫离家不归已经数年，一直没有音讯，生死存亡都不知道。我想托给你一封书信，让你投递给我的丈夫。"说完，便泪流满面。燕子鸣叫着上下翻飞，仿佛是答应了她。绍兰又说道："你若是答应，就请飞到我怀中来。"于是燕子便飞到她的膝上。绍兰吟诗一首："我丈夫去了洞庭湖，我靠着窗户泣血作书。拜托殷勤飞舞的燕子，把这封信送给我那薄情的丈夫。"然后绍兰将

遂泊于肩上，见有一小封书系在足上。宗解而示之，乃妻所寄之诗。宗感而泣下，燕复飞鸣而去。宗次年归，首出诗示兰。后文士张说传其事，而好事者写之。

这首诗用小字写下来，绑在燕子脚上，燕子便鸣叫着飞走了。任宗当时在荆州，忽然看见一只燕子在自己头顶飞鸣，任宗很是惊讶，燕子停在他的肩上，他便看见有一小封信绑在燕子脚上。任宗解下信看时，发现是妻子所寄的诗。任宗很是感动，泪如雨下，燕子便又鸣叫着飞走了。第二年，任宗回到家中，把这首诗拿出来给绍兰看，二人不禁感慨万千。后来文士张说将这件事说了出来，有喜欢多事的人便将之记录下来。

灯婢

·原文·

宁王宫中，每夜于帐前罗列木雕矮婢，饰以彩绘，各执华灯，自昏达旦，故目之为灯婢。

·译文·

宁王李宪的宫中，每天夜里都在帐幕前陈列着用木头雕刻而成的矮个子婢女，画上彩绘作为装饰，各自拿着华美精致的灯，从黄昏一直到早晨。因此被看作是“灯婢”。

解语花

·原文·

明皇秋八月，太液池有千叶白莲数枝盛开，帝与贵戚宴赏焉。左右皆叹羡。久之，帝指贵妃示于左右曰："争如我解语花？"

·译文·

明皇在位时，某年秋天八月，太液池里的千叶白莲花有几枝盛开。明皇和贵戚们宴饮赏花，大家都很是赞叹羡慕。过了一会，明皇指着贵妃对大家说："这池中的花怎么比得上我的解语花呢？"

油幕

·原文·

长安贵家子弟，每至春时，游宴供帐于园圃中，随行载以油幕，或遇阴雨，以幕覆之，尽欢而归。

·译文·

长安城中富贵人家的少年，每到春天的时候就会在各处园林中交游宴饮。随从仆役带着油幕，遇到阴天下雨的时候，撑起油幕在里面避雨。大家都得以玩得尽兴后才各自回去。

斗花

·原文·

长安王士安，春时斗花，戴插以奇花多者为胜，皆用千金市名花植于庭苑中，以备春时之斗也。

·译文·

长安城中的王士安，常玩一种叫作“斗花”的游戏，谁佩戴插饰稀有少见的花卉种类最多，谁就胜出。他们平时常以高价购买名贵花卉种植在自家的花园里，为春天的斗花活动做准备。

凤炭

原文

杨国忠家，以炭屑用蜜捏塑成双凤，至冬月则燃于炉中，及先以白檀木铺于炉底，余灰不可参杂也。

译文

杨国忠的家中，常用蜂蜜把炭屑捏塑成一双凤凰的形象，到了冬天就将它们放在炉里烧。在燃烧之前要先将白檀木铺在炉底，其他灰烬不可掺杂其中。

文帅

原文

明皇常谓侍臣曰："张九龄文章，自有唐名公皆弗如也。朕终身师之，不得其一二。此人真文场之元帅也。"

译文

唐明皇常对侍臣说："张九龄的文章，可以说自大唐开国以来有名望的官员们都比不上。我终身以他为师，也很难学到他的些许皮毛。他真是文坛上的统帅啊！"

乞巧楼

·原文·

宫中以锦结成楼殿，高百尺，上可以胜数十人，陈以瓜果酒炙，设坐具，以祀牛、女二星。嫔妃各以九孔针、五色线，向月穿之，过者为得巧之候。动清商之曲，宴乐达旦。士民之家皆效之。

·译文·

每逢七夕佳节，宫中都会用锦缎搭成楼殿，楼高百尺，上面可以承载几十个人。在楼上陈列瓜果酒肉，摆下坐具，用来祭祀牵牛、织女二星。嫔妃们各自用九孔针和五色线，对着月亮穿针引线，穿过去的人就会被认为“得巧”。宫中还会弹奏清商乐曲，宴饮欢乐直至天明。百姓们都纷纷仿效。

吸花露

·原文·

贵妃每宿酒初消，多苦肺热。尝凌晨独游后苑，傍花树，以手攀枝，口吸花露，藉其露液，润于肺也。

·译文·

杨贵妃每当宿醉刚消退的时候，常容易为肺热所苦，她曾经在凌晨时分独自游览后宫的花园，靠着花树，用手抓住树枝，用口吸吮花上的露水，借花的露水来滋润肺部。

含玉咽津

原文

贵妃素有肉体，至夏苦热，常有肺渴，每日含一玉鱼儿于口中，盖藉其凉津沃肺也。

译文

杨贵妃一向身体丰腴，到了夏天苦于炎热，常常会有燥热思饮的症状。她每天把一枚玉石雕刻而成的玉鱼儿含在口中，借玉的冰凉滋润肺部。

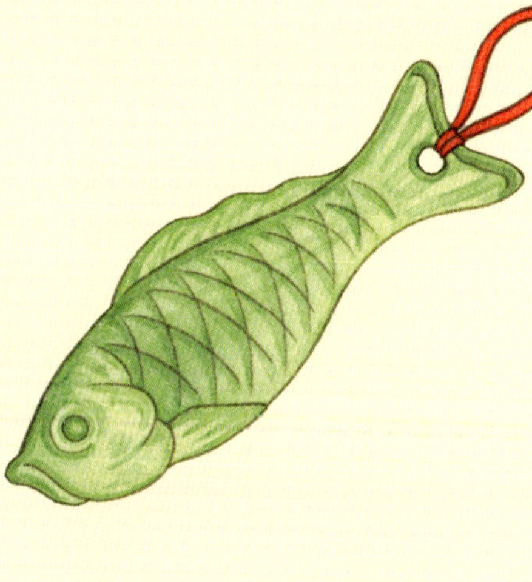

红汗

·原文·

贵妃每至夏月，常衣轻绡，使侍儿交扇鼓风，犹不解其热。每有汗出，红腻而多香，或拭之于巾帕之上，其色如桃红也。

·译文·

杨贵妃每到夏天，常穿着轻薄透明的衣服，让侍女一齐摇扇扇风，但还是难以摆脱炎热的感觉。每次出汗，汗水都发红且黏，同时又有浓重的香味。将汗擦在手巾或帕子上，那颜色就像桃红色一样。

金函

·原文·

明皇忧勤国政，谏无不从。或有章疏规讽，则探其理道优长者贮于金函中，日置于右，时取读之，未尝懈怠也。

·译文·

唐明皇常忧思国家政务，大臣们的谏言没有不听从的。有规劝讽喻的奏章上疏，他就寻找其中道理深远出众的，存放在金匣子中，每天放置在座椅右手边，随时取出来阅读，从没有松懈惰怠的时候。

击鉴救月

原文

长安城中，每月蚀时，即士女取鉴，向月击之，满郭如是，盖云救月蚀也。

译文

长安城中，每到月食的时候，城里的妇女们就取出镜子，向着月亮敲打。满城都是这样，都说是为了救遭遇月食的月亮。

肉腰刀

·原文·

李林甫妒贤嫉能，不协群议，每奏御之际，多所陷人，众谓林甫为肉腰刀。又云林甫尝以甘言诱人之过，谮于上前，时人皆言林甫甘言如蜜。朝中相谓曰："李公虽面有笑容，而肚中铸剑也。"人日憎怨，异口同音。

·译文·

李林甫一向嫉恨有德望、有才能的人，他做事不与群臣商议，每逢上朝奏事时，常会陷害忠良。众人给他取了个绰号叫"肉腰刀"。据说李林甫平时爱用好听的话引诱别人说出自己的过失，然后便趁机在皇帝面前诬陷别人。当时的人都说李林甫的好话像蜜一样甜。朝中百官都互相说："李公虽然面带笑容，肚子里却铸造着剑。"人们越来越憎恶他，异口同声地说他"口蜜腹剑"。

隔障歌

原文

宁王宫有乐妓宠姐者，美姿色，善讴唱。每宴外客，其诸妓女尽在目前，惟宠姐客莫能见。饮欲半酣，词客李太白恃醉戏曰：“白久闻王有宠姐善歌，今酒肴醉饱，群公宴倦，王何吝此女示于众。”王笑谓左右曰：“设七宝花障，召宠姐于障后歌之。”白起谢曰：“虽不许见面，闻其声亦幸矣。”

译文

宁王李宪宫中有个乐妓名叫宠姐，容貌美丽，善于歌唱。每次设宴招待客人时，宫中的乐妓们都在眼前可以见到，唯独宠姐见不到。大家饮酒至半醉时，客人李白借着醉意说笑道：“我早听说王爷有个善于唱歌的宠姐，今天酒足饭饱，大家都对饮宴失去了兴趣，王爷何必吝惜，让她出来见见大家吧！”宁王笑着对仆人说：“把七宝装饰的彩绘屏风搬出来，让宠姐在屏风后为大家歌唱。”李白起身拜谢说：“虽然不让见面，听到她的歌声也很荣幸了。”

楼车载乐

·原文·

杨国忠子弟，恃后族之贵，极于奢侈。每春游之际，以大车结彩帛为楼，载女乐数十人，自私第声乐前引，出游园苑中。长安豪民贵族皆效之。

·译文·

杨国忠一族的年轻后辈，依仗着贵妃亲族的显贵身份，平时生活十分奢侈。每到春游的时候，他们在大车上搭建出楼阁并系上彩色的丝绸作为装饰，载着十几名歌舞伎，从私人住宅开始，演奏着音乐在前引导，到各处的园林中游玩。长安城中的贵族和富户们都纷纷效仿。

猧子乱局

· 原文 ·

一日，明皇与亲王棋，令贺怀智独奏琵琶，妃子立于局前观之。上欲输次，妃子将康国猧子放之，令于局上乱其输赢，上甚悦焉。

· 译文 ·

一天，玄宗和亲王下棋，让贺怀智在旁独奏琵琶，杨贵妃站在棋盘前方观看对弈。玄宗对弈不利，眼看就要输了，贵妃忙将怀中抱着的康国猧子放下，让它搅乱棋子，使得棋局难辨输赢。因此玄宗很是高兴。

决云儿

·原文·

申王有高丽赤鹰，岐王有北山黄鹘，上甚爱之。每弋猎必置之于驾前，帝目之为决云儿。

·译文·

申王李成义有只产自高丽的赤鹰，岐王李范有只产自北山的黄隼，玄宗很是喜爱它们，每次狩猎都会将其放在车驾前方，并将它们称为“决云儿”。

原文

华清宫中除供奉两汤外，而别更有长汤十六所，嫔御之类浴焉。

长汤十六所

·译文·

华清宫中除了特供皇帝洗浴的两处温泉浴池外，还有十六处别的温泉浴池，供嫔妃等人洗浴用。

锦雁

·原文·

奉御汤中以文瑶密石，中央有玉莲，汤泉涌以成池，又缝锦绣为凫雁于水中。帝与贵妃施钑镂小舟，戏玩于其间。宫中退水，出于金沟，其中珠缨宝络流出街渠，贫民日有所得焉。

·译文·

华清宫的御用汤池中，装饰着有纹饰的美玉和纹理细密的石头，中央位置还有玉莲汤。汤泉水喷涌形成池子，宫人们又用锦缎缝制成野鸭和大雁的形状，将其放在水中。玄宗与贵妃乘着用金银装饰、嵌饰着花纹的小船，在其间游戏玩乐。当华清宫开闸泄水的时候，水从金沟里流出来，其中的璎珞首饰也随之流到民间沟渠里来，城中的贫民们每天都能有所收获。

夜明枕

• 原文 •

虢国夫人有夜明枕，设于堂中，光照一室，不假灯烛。

• 译文 •

虢国夫人有个夜明枕，将它放在大厅里，发出的光能照亮整间房屋，不需要再用灯烛。

金鸡障

原文

明皇每宴，使禄山坐于御侧，以金鸡障隔之。

译文

唐明皇每次设宴，都让安禄山坐在自己身边，用画着金鸡作为装饰的坐障隔开。

百枝灯树

·原文·

韩国夫人置百枝灯树，高八十尺，竖之高山上，元夜点之，百里皆见，光明夺月色也。

·译文·

韩国夫人置办了一件足有一百根枝丫的树形灯具，有八十尺高，将其竖起来放置在高山上，上元之夜，将灯树点上，百里之内都能看见灯光，比月光还要明亮。

有脚阳春

原文

宋璟爱民恤物，朝野归美，时人咸谓璟为有脚阳春，言所至之处，如阳春煦物也。

译文

宋璟为官爱护体恤百姓，获得了朝野一致的称颂。当时的人都称宋璟为“有脚阳春”，意思是说，他所到之处都如同温暖的春天一般滋养万物。

粲花之论

原文

李白有天才俊逸之誉，每与人谈论，皆成句读，如春葩丽藻，粲于齿牙之下，时人号曰李白粲花之论。

译文

李白有天赋卓绝、洒脱超群的美誉，每次与人谈论时，都不假思索，出口成章，文采华美如同春花，绽放在口齿之间。当时人把李白言谈称作“李白的粲花之论”。

醉圣

·原文·

李白嗜酒不拘小节，然沉酣中所撰文章，未尝错误，而与不醉之人相对议事，皆不出太白所见，时人号为醉圣。

·译文·

李白酷爱喝酒，待人处世不拘泥于小节，然而他在大醉中撰写的文章，却未曾有过错误。并且与没有喝醉的人面对面讨论事情时，结果往往不出乎李白的预见。当时人称他为“醉圣”。

灵鹊报喜

原文

时人之家闻鹊声，皆为喜兆，故谓灵鹊报喜。

译文

当时的人家听到喜鹊的叫声，都认为这是将有喜事的征兆。因此人们都将之称为“灵鹊报喜”。

走丸之辩

·原文·

张九龄善谈论，每与宾客议论经旨，滔滔不竭如下坡走丸也。时人服其俊辩。

·译文·

张九龄善于言谈议论，每次与宾客讨论书上的道理时，滔滔不绝，就像从山坡上滚下弹丸一样。当时的人都很佩服他的杰出辩才。

探春

原文

都人士女，每至正月半后，各乘车跨马，供帐于园圃，或郊野中，为探春之宴。

译文

京都里的俊才仕女们，每逢正月过半，都会乘车、骑马，或在园圃之中设下宴饮用的帷帐，或在郊外旷野之中设宴，称为“探春之宴”。

冰兽赠王公

·原文·

杨国忠子弟，以奸媚结识朝士，每至伏日，取坚冰令工人镂为凤兽之形，或饰以金环彩带，置之雕盘中，送与王公大臣。惟张九龄不受此惠。

·译文·

杨国忠家族里的年轻后辈常诡诈谄媚地结交朝中官员，每到三伏天，取来冰块，令工匠雕刻成凤凰或走兽的形状，用金环彩带作为装饰，放在精美的盘子里，送给王公大臣们。只有张九龄拒不接受这种惠赠。

嚼麝之谈

·原文·

宁王骄贵，极于奢侈，每与宾客议论，先含嚼沉麝，方启口发谈，香气喷于席上。

·译文·

宁王李宪很是娇贵，生活十分奢侈。每次他与宾客谈论的时候，都会先在口中嚼沉香、麝香，然后才开口说话，口中的香气都喷在了座位上。

暖玉鞍

•原文•

岐王有玉鞍一面，每至冬月则用之，虽天气严寒，则在此鞍上坐，如温火之气。

•译文•

岐王李范有一面用玉做的马鞍，每到冬天就会用它。虽然天气严寒，只要坐上这个马鞍，就好像有火加热一样暖和。

百宝栏

·原文·

杨国忠初因贵妃专宠，上赐以木芍药数本，植于家，国忠以百宝妆饰栏楯，虽帝宫之内不可及也。

·译文·

由于杨贵妃受玄宗专宠，杨国忠开始为玄宗所宠信。玄宗赐给他牡丹花数株，他把牡丹花种在家中，用各种珍宝装饰的围栏保护它，奢侈的程度就连皇宫里也比不上。

任人如市瓜

· 原文 ·

明皇召诸学士宴于便殿，因酒酣顾谓李白曰：“我朝与天后之朝何如？”白曰：“天后朝政出多门，国由奸幸，任人之道，如小儿市瓜，不择香味，惟拣肥大者；我朝任人如淘沙取金，剖石采玉，皆得其精粹者。”明皇笑曰：“学士过有所饰。”

· 译文 ·

唐明皇召请诸位翰林学士并在偏殿设宴，趁着酒喝到酣畅的时候问李白：“我朝与天后之朝（武周）相比怎么样？”李白答道：“天后之朝，朝廷政令出自多方，国家被奸佞小人所掌握，选拔任用人才的方法如同小孩买瓜，不辨别是否有香味，只拣个头肥大的买。我朝选拔任用人才，则像淘洗沙子拣取真金，剖开石头拿出玉石一样，都能够得其精华。”唐明皇笑着说：“学士所言过于盛赞了。”

雪刺满头

·原文·

宋璟《求致仕表》云："臣窃禄簪裳，备员廊庙，霜毫生领，雪刺满头，求退归耕，养慵岩穴，乐生尧世，死荷圣恩。"

·译文·

宋璟在他的《求致仕表》里这样写道："臣以微薄的功劳接受丰厚的俸禄和显贵的官位，在朝廷里充数，下巴生出了白胡须，头上布满了白发。因此请求辞官回乡，让我在山野岩洞间消除疲倦，得以滋养休息。我很高兴生活在这个如同尧帝时代一样的盛世里，即便死去也蒙受着陛下的恩宠。"

宋璟

忍字

·原文·

光禄卿王守和，未尝与人有争，尝于几案间大书“忍”字，至于帏幌之属，以绣画为之。明皇知其姓字，非时引对，问曰：“卿名守和，已知不争，好书‘忍’字，尤见用心。”奏曰：“臣闻坚而必断，刚则必折，万事之中，‘忍’字为上。”帝曰：“善。”赐帛以旌之。

·译文·

光禄卿王守和，从未与人有过争执。他曾在桌案上写了一个很大的“忍”字，就是帷帐之中，也绣上了“忍”字。唐明皇觉得他的姓氏和名字有诽谤朝政之嫌，于是召见他问道：“你的名字叫守和，也知道你不喜欢和人争斗，如今又喜欢写‘忍’字，更能看出你的用心所在。”王守和回答说：“我听说坚硬刚正的东西容易被折断，万事之中，应该以‘忍’为先。”听了这个解释，唐明皇不禁叫好称赞，便赐给他锦帛以示表彰。

忍

风流阵

原文

明皇与贵妃，每至酒酣，使妃子统宫妓百余人，帝统小中贵百余人，排两阵于掖庭中，目为风流阵。以霞被锦被张之，为旗帜攻击相斗，败者罚之巨觥以戏笑。时议以为不祥之兆，后果有禄山兵乱，天意人事不偶然也。

译文

唐明皇和杨贵妃，每到饮酒尽兴的时候，便让贵妃统帅一百多名宫女，明皇自己统帅小太监一百多人，在掖庭宫中排成两个阵势，叫作“风流阵”。展开披肩和锦缎面的被子作为旗帜，互相攻击打斗，失败的人要罚酒一大杯，以此嬉笑玩耍。当时的舆论认为这是不祥的征兆，后来果然有了安禄山的叛乱。可见上天的意旨和人世间的事都不是偶然啊。

望月台

·原文·

玄宗八月十五日夜与贵妃临太液池，凭栏望月不尽，帝意不快，遂敕令左右："于池西岸别筑百尺高台，与吾妃子来年望月。"后经禄山之兵，不复置焉，惟有基址而已。

·译文·

八月十五日夜，玄宗与贵妃来到太液池，倚着栏杆赏月，却因地势不佳，难以尽兴。玄宗很不高兴，就下令让内侍在太液池西岸，另建一座百尺高台，好和贵妃来年登台赏月。后来遭遇了安史之乱，这台就没有再建，只有台基的遗址还在罢了。

竹义

原文

太液池岸有竹数十丛，牙笋未尝相离，密密如栽也。帝因与诸王闲步于竹间，帝谓诸王曰："人世父子兄弟，尚有离心离意，此竹宗本不相疏，人有怀二心生离间之意，睹此可以为鉴。"诸勖王皆唯唯，帝呼为竹义。

译文

太液池的岸边有数十丛竹子，竹笋紧紧挨着竹子生长，就像人为栽种的一样。玄宗因为与诸位亲王在竹林间散步，有所感触，便对诸王说："人世间即使是父子兄弟，都有心意相背离的时候。这些竹子的枝叶和根脉从不疏远，人却有怀着二心、产生疏远不睦的想法，看到这些竹子，应该引以为鉴。"诸位亲王受到勉励，都恭敬地回答"是"。玄宗因此将这种兄弟关系称为"竹义"。

图书在版编目（CIP）数据

开元天宝遗事 /（五代）王仁裕撰；李聪绘 . -- 南昌：江西美术出版社，2022.1
（古人的繁华人间）
ISBN 978-7-5480-7787-9

Ⅰ . ①开… Ⅱ . ①王… ②李… Ⅲ . ①笔记小说－小说集－中国－五代（907-960）Ⅳ . ①I242.1

中国版本图书馆 CIP 数据核字（2020）第 168755 号

出 品 人：周建森
责任编辑：姚屹雯
责任印制：谭　勋
书籍设计：韩　超　先鋒設計 PIONEER DESIGN
制作排版：黄　明

开元天宝遗事
古人的繁华人间　KAIYUAN TIANBAO YI SHI GUREN DE FANHUA RENJIAN
[五代] 王仁裕 / 撰　李聪 / 绘

出　　版：江西美术出版社
地　　址：南昌市子安路 66 号江美大厦
网　　址：jxfinearts.com
电子邮箱：jxms163@163.com
电　　话：0791-86566309
邮　　编：330025
经　　销：全国新华书店
印　　刷：湖北金港彩印有限公司
版　　次：2022 年 1 月第 1 版
印　　次：2022 年 1 月第 1 次印刷
开　　本：787 毫米 ×1092 毫米　1/32
印　　张：6
书　　号：978-7-5480-7787-9
定　　价：68.00 元